他和他的人

[南非] J.M. 库切 / 著

He and His Man

二十世纪外国文学大家小藏本

文 敏 / 译

人民文学出版社

As a Woman Grows Older–Copyright © J. M. Coetzee, 2004
The Old Woman and the Cats–Copyright © J. M. Coetzee, 2013
He and His Man–Copyright © The Nobel Foundation, 2003

图书在版编目(CIP)数据

他和他的人/(南非)库切著;文敏译.—北京:人民文学出版社, 2016

(蜂鸟文丛)

ISBN 978-7-02-011375-0

Ⅰ.①他… Ⅱ.①库…②文… Ⅲ.①短篇小说—小说集—南非(阿扎尼亚)—现代 Ⅳ.①I478.45

中国版本图书馆 CIP 数据核字(2016)第 017348 号

责任编辑	张海香　马　博
责任校对	王　璐
装帧设计	刘　静
责任印制	王景林

出版发行	人民文学出版社
社　　址	北京市朝内大街 166 号
邮政编码	100705
网　　址	http://www.rw-cn.com
印　　刷	北京明恒达印务有限公司
经　　销	全国新华书店等
字　　数	30 千字
开　　本	787 毫米×1092 毫米　1/32
印　　张	3.625　插页 4
印　　数	1—6000
版　　次	2017 年 2 月北京第 1 版
印　　次	2017 年 2 月第 1 次印刷
书　　号	978-7-02-011375-0
定　　价	20.00 元

如有印装质量问题,请与本社图书销售中心调换。电话:010-65233595

Hummingbird
CLASSICS
蜂鸟文丛

J.M. 库切（1940— ）

南非小说家、文学评论家、翻译家。被评论界认为是当代南非最重要作家之一。第一位两度获得布克奖的作家。二〇〇三年获诺贝尔文学奖,是非洲第四位、南非第二位诺贝尔文学奖得主。

本书收录库切未曾整理成书的单独发表的短篇小说《女人渐老》《老妇人与猫》《他和他的人》,探讨了家庭、历史、言语、自我认识等关乎人生和世界的重大概念,体现了库切思想的精华。

J.M. 库切
J.M. Coetzee

出版说明

二十世纪,世界文坛流派纷呈,大师辈出。为将百年间的重要外国作家进行梳理,使读者了解其作品,人民文学出版社决定出版"蜂鸟文丛——二十世纪外国文学大家小藏本"系列图书。

以"蜂鸟"命名,意在说明"文丛"中每本书犹如美丽的蜂鸟,身形虽小,羽翼却鲜艳夺目;篇幅虽短,文学价值却不逊鸿篇巨制。在时间乃至个人阅读体验"碎片化"之今日,这一只只迎面而来的"小鸟",定能给读者带来一缕清风,一丝甘甜。

这里既有国内读者耳熟能详的大师,也有曾在世界文坛上留下深刻烙印、在我国译介较少的名家。书中附有作者生平简历和主要作品表。期冀读者能择其所爱,找到相关作品深度阅读。

"丛书"将分辑陆续推出,"蜂鸟"将一只只飞来。愿读者诸君,在外国文学的花海中,与"蜂鸟"相伴,共同采集滋养我们生命的花蜜。

人民文学出版社编辑部

二〇一六年一月

目　次

女人渐老 ·································· *1*

老妇人与猫 ································ *41*

他和他的人 ································ *76*

这样的老人(译者序)

库切的三部曲《男孩》《青春》和《夏日》,一向被认为是自传或是自传体小说——虽然作家自己以为是虚构文体,可是他连自己的名字都不改一下,直接让约翰(他本人就是这名字)在故事中出镜,晒出自己的履历,这要不让人产生联想也难。现在库切老了,开始写老年的故事,叙述老年的困境与归宿。这里是否同样有着自传成分?人们还是有同样的疑问。不过,这回他写的是知识分子老妇人,他的人物是一个叫作伊丽莎白·科斯黛洛的女作家。其实这是《八堂课》里边的主人公,有评论者认为伊丽莎白·科斯黛洛正是库切的部分替身,库切是借助这位女作家的声音将自己对工具理性的批判引向较为极端的方向。

收入本书的《女人渐老》和《老妇人与猫》两篇小说,集中描述了伊丽莎白的晚年生活,或许重点不是生活本身,而是关于晚年生活的某种概念性设计。库切将人物的思辨与矫情都写得很绝,有时几乎让人忍俊不禁。难道说,用人生暮景作为一个话题,依然是拿自己开涮?库切虽然外表看上去像是有些木讷,但不用怀疑,其内心的幽默感无人可比。

库切以简洁的笔触探讨生命、衰老和死亡,谈论人的灵魂会飞去哪里,以及上帝是否存在,等等。在《女人渐老》中,七十二岁的伊丽莎白和一对已届中年的儿女,就是因为要讨论这样一些问题,才有了法国人所说的"家庭团聚"。伊丽莎白平日独自居住在澳大利亚墨尔本,女儿海伦在法国尼斯经营一家画廊,儿子约翰(瞧,又是约翰)则在美国巴尔的摩。这回因为约翰要来欧洲参加一个学术会议,便策动了一家人在尼斯相聚,以便对母亲晚年的归属做出妥善安排。约翰希望母亲跟随自己到美国去生活,而海伦想让母亲迁居法国。但是伊丽莎白拒绝了子女的好意,首先她不想成为他们的附庸,再说墨尔本的医疗救护系统相当不错,她觉得足以应付生老病死的"紧急状况"。

值得注意的是,这篇小说明明涉及一个很有普遍意义的话题,就是现代社会的老龄问题以及与此相关的养老救助事宜;可是库切却通过作家伊丽莎白·科斯黛洛告诉世人,老人不应是你们怜悯和关怀的对象,所谓老龄问题也并不是一个社会问题(似乎更像是当事人的自我心理问题)。库切特意抽出这张牌,却又轻巧地把它甩了出去。这是最具有颠覆性的一手,这不啻是宣告,巴格达不存在大规模杀伤性武器。

伊丽莎白作为一个成功的作家,自然无须在经济上为晚境而担忧,这是她跟子女说话很有底气的原因之一。而且,事实上她身体还不错,没有任何疾病困扰,思维依然相当敏捷,所以她那种一贯我行我素的强势作风丝毫未见收敛。库切选择这样一个比较少见的个例,一个目前还不需要按照老人标准来进行帮助的对象,以她咄咄逼人的生命姿态挑战世俗常理,恰到好处地营造了某种艺术效果——与伊丽莎白特立独行相对应的是一个庸众的世界,这个按部就班的世界包括了海伦和约翰(他们有这份孝心固然可嘉,可事实上这铁娘子似的老妈何曾需要他们来照顾),也包括了他们庸人自扰的诸般计划。看上去他们都是在瞎操心,在老龄问题上似乎整个世界走入了天大的误区。

直到这篇小说结束,这母子三人并未在母亲养老问题上达成共识。实情是,当时伊丽莎白尚未做出实质性选择,尽管她已很清楚地知道自己不可能跟子女一起生活。当然,后来的事情在《老妇人与猫》那篇小说中都有交代——你绝对想不到伊丽莎白给自己选择了那样一种养老方式。作为《女人渐老》的姊妹篇,《老妇人与猫》的时间背景大约是几年之后,伊丽莎白·科斯黛洛已经定居于西班牙卡斯蒂利亚高原一个与世隔绝的小村庄。其实,伊丽莎白根本不是去养老的,而是作为志愿者那类角色去从事某种社会实践。她在村里收养被人遗弃的猫儿,还收养了巴博罗——一个有露阴癖的男子。在条件极端艰苦的山村里,她安之若素地过起了箪食瓢饮的简单生活,闲暇时思考着灵魂与自我的问题。

儿子约翰远道来看她,大概是要商量临终安排以及母亲的后事之类。《老妇人与猫》没有出现女儿海伦的身影,海伦显然比约翰更了解自己的母亲——母亲为什么不选择尼斯,而大老远地跑到卡斯蒂利亚高原,这说明他们根本不是一个世界的人。可怜的约翰是独自跑到山村来遭罪,非但受冻挨饿,还要听老妈津津乐道地谈论灵魂的可视与不可视,以及客体的可知觉性什么的。从下边这段对话中可以看出,他们这两代人根本不可能理解与沟通。

他摇摇头。"你这种生活有什么意义呢,妈妈,"他说,"独自一人待在这大山深处、上帝遗弃的异国山村,拆解着什么主体、客体这类学院派的一堆乱麻,伴随着在家具底下钻进钻出的那些野猫,它们身上可都是跳蚤,天晓得还有什么别的寄生虫,这真是你想要的生活?"

"我在为我自己下一步做准备,"她回答说,"最后一步。"她凝视着他;她一脸平静;看来她完全是认真的。"我正在试着习惯将自己的人生融入与自己生活模式不一样的群体之中,那些以我的知识理性根本无法把握的、方式与我大相径庭的群体。这么说不知道能不能让你理解?"

约翰注定是理性教育造就的庸常之辈,或许也是某种所谓精致的利己主义者。他老妈告诫他,生活并不是由种种选项组成(这是他一直没搞明白的地方),譬如对巴博罗来说,就不可能面对这样的选项:做西班牙国王好呢,还是做个村里的白痴?对许多人来说,生活只是一系列需要解决的问题。老妈的这种说法绝对没错,语言逻辑就很精彩。可是,将生活作为一系列选项的恰恰是伊丽莎白自己。是她自己选择了不同凡响的老年生存方式,是她跑到卡斯蒂利亚高原这个终年寒冷的小村庄,是她要扮演猫儿和巴博罗的拯救者的角色……

约翰跟母亲讨论过猫灾和物种的生态平衡问题,认为应该给她豢养的猫儿做阉割手术。可是伊丽莎白认为不能拒绝生命的灵魂闯入世间,就像上帝造物,每个生命都应该有被赋予形体的机会。在干预世务的同时,伊丽莎白恰恰奉行一套不干涉理论。这是一个有趣的悖论。隐隐之中,她似乎在扮演着上帝的角色。

如果说在《女人渐老》中,陷入"怀旧泥沼"的伊丽莎白一时失去了灵魂的目标,还在"哀叹"中踟蹰不前;那么到了《老妇人与猫》里边,她已经重新找到了生命的方向,而且坚定不移地投入其中。其实这跟养老没有什么关系,养老只是引出故事的一个由头,而故事本身却是两代人的精神代沟。正是在与儿女的精神对比中,伊丽莎白确立了自己荦荦不凡的情操与气质。作为一九六〇年代投身街头革命的一代人,她一辈子都在思考公平与正义之类的大问题,哪怕这些概念本身早已抽离了社会内涵;她一辈子都在为理想和感觉而争辩,即便革命已经离她远去。库切非常清楚地知道,这一代左翼知识分子对于话语权力的迷恋,在描述伊丽莎白那些偏执的言辞与行为时,他一定也会觉得有些滑稽——堂吉诃德式的滑稽与庄严。撇开海伦、约翰面对的那些乏味的人生选项,你一定能够清楚地感觉到,他和他的人之间有着怎样的精神联系。

文 敏

2015 年 8 月 15 日

女人渐老

她要去尼斯探视女儿,几年来这是她第一次去那儿。她的儿子要来参加什么会议或是有别的事务,也要从美国飞来跟她们一起相聚几日。时间上这么凑巧,这让她有些犯嘀咕。她吃不准这里面是否有串通好的意思,这两个孩子是不是觉得她不能再照料自己了,所以才动了什么脑筋,出了某个主意,把母亲当作孩子似的来对待。她太固执,他们彼此准会这样议论:

太顽固,太固执,太固执己见——我们是不是只有联手才能搞定她?

当然,他们都爱她,否则也不会为了她这样大费周章。可是,她不喜欢像一位罗马贵族似的,等着人家递上那杯致命的毒酒,听人用最有说服力、最具同情心的言辞来告诉她,为了大家都好,应该从容不迫地一饮而尽。

她的孩子们,如同人家的孩子一样,一向也算尽心尽责。她作为母亲是否也同样尽心尽责那是另一回事。但人生在世,我们并非总能得到自己该得的。她的孩子如果想让自己的付出与得到平衡,那就只好期待来世,成为另一具肉身了。

女儿在尼斯经营一家画廊。她现在俨然就是地道的法国人了。儿子跟自己的美国太太和美国孩子一起住在美国,要不了多久,他也会是个地地道道的美国人了。看来,既然已经飞离了老窝,就飞得远远的。不知道的人,没准以为他们飞得远远的就是要存心躲开她。

无论他们向她提出什么建议,毫无疑问都充满了矛盾心理:一方面是爱心与关怀;另一方面则是赤裸裸的刻薄无情,盼着给她送终。好吧,她倒不至于让那种矛盾心理搅得纠结不安。她就是带着矛盾心理活到如今。假如没有双重意义,想象的艺术将如何施展?假如只有开头和结尾,中间是一片空白,生活本身又成了什么?

"我逐渐上了年岁之后,奇怪的是,"她对儿子说,"早先我从老人嘴里听到过,自己发誓永远不会说出口的话,居然也从我嘴里说出来了。这世道成什么样了之类。比如,已经没有人知道'能够'作为动词是有过去时态的——这世道成什么样了?人们走在街上边吃比萨边打电话——这世道成什么样了?"

她到尼斯的第三天,儿子到了:晴朗温暖的六月里的一天,在这样的日子里,这一带延绵的海滩是来自英格兰富裕游客的首选之地。瞧,他们来了,他们两个,沿盎格鲁大道漫步而行,就像一百年前的英格兰人打着遮阳伞,带着船夫散步一样,哀叹着哈代先生新近的创作,哀叹着那些布尔人。

"哀叹,"她说,"这个词现在很少听人说了。没有人再有痛惜之感了,除了那些存心搞笑的家伙。这是一个忌讳的说法,一种忌讳的行为。那你该怎么样呢?是不是应该把所有这一切,所有那些痛惜,都窝在心里,直到你独自面对另一个老家伙时,才能口无遮拦地倾吐出来?"

"你尽可以向我哀叹,只要你愿意,妈妈。"她那尽心尽责的儿子约翰说,"我只会点头表示深有同感,决不会来嘲笑你的。今儿,除了比萨之外,你还想哀叹什么呢?"

"我哀叹的不是比萨,比萨在合适的地儿去享用很好,但是那样一边走路,一边吃着说着,也太粗鲁了。"

"我同意,是太粗鲁了,至少不够得体。还有别的吗?"

"也就这些了。我哀叹的事情本身无足轻重,有意思的是我几年前曾发誓自己绝对不这样说话,现在居然也这样说了。我怎么就管不住自己了?我抱怨这世界成了这样子。我抱怨世风日下。我从内心感到痛惜。可是,在我自己面对那些哀怨的时候,我听到了什么?我听到我母亲谴责迷你裙,谴责电吉他。我记得自己当时的恼怒。'没错,妈妈。'我咬牙切齿地说,一边盼着她闭嘴。所以……"

"所以,你觉得我现在也在咬牙切齿,盼着你闭嘴。"

"是啊。"

"我可没有咬牙切齿。哀叹世道人心变得如此，完全情有可原。我自己也会这么哀叹，私下里说说。"

"但我是说具体事儿，约翰，具体事儿！我并不是哀叹历史的大变革，而是生活细节——不得体的行为举止，糟糕的说话方式，大声嚷嚷！就是像这样的事儿让我恼怒，这种种细节折磨得我简直要绝望。都是不重要的事情！你明白吗？你当然不会明白。你觉得我是故意表现得可笑，可我不是。我是非常郑重其事的！你能明白，我说的这一切都很要命吗？"

"我当然明白，你表达得非常清楚。"

"可我没说清楚！我没说清楚！这都不过是言辞而已，到目前为止我们对言辞都烦透了。唯一能够证明你是认真的，就是把自己干掉。倒在自己的刀下。崩掉自己的脑袋。可是我一说这些,你就要笑了。我知道。因为我只能开玩笑,没办法完全严肃——我已经太老了,老到严肃不起来了。二十岁自杀是一个悲剧,人们会说这是一个惨痛的损失。四十岁自杀,人们就会对这社会做出清醒的批判。可要是七十岁自杀,人们就会说:'真倒霉,她准是得了癌症。'"

"可你从来不管别人会怎么说。"

"我从来不在意别人怎么说,是因为我一直相信未来的说辞。历史会对我做出评判——我对自己这么说。可我正在丧失对历史的信念,当历史发展到今天——我越来越不相信它能产生出真理了。"

"历史发展到今天又怎么了,妈妈?还有,当我们还在谈论这件事的时候,我是否可以说,你又一次把我定位成一个直来直去的男人,或是一个心直口快的男孩,对此我可并不怎么特别受用。"

"对不起,真是对不起。这都是一个人过日子弄出来的毛病。大部分时间我都是独自在脑子里进行这样的对话;现在能让我跟人倾吐一下真是浑身轻快。"

"是跟谈话机器。不是人,是谈话机器。"

"还好我能和谈话机器互相倾吐。"

"你只是对着它倾吐。"

"我能对着谈话机器倾吐。对不起,我现在就停下。诺玛怎么样?"

"诺玛挺好。她向你问好。孩子们也挺好。历史发展到今天怎么样了?"

"历史已经失语。克利俄①,曾几何时,弹着竖琴讴歌风云人物的壮举,如今已变得优柔寡断,优柔寡断而且还碎碎叨叨,就像那些最最

---

① 希腊神话中九个缪斯女神之一,司掌历史。

愚蠢的老妇人。至少在部分时间里我就是这么想的。在其余的时间里,我觉得她被一帮歹徒劫持了,他们折磨她,拷打她,让她说些言不由衷的话。我没法把所有关于历史的负面想法都告诉你。这已经成为一种魔症了。"

"魔症……你是说你在写什么东西?"

"不,没有写。如果我要写历史,我会用自己的方式去把握它。不,我能做的只是冲着它发怒,发怒还哀叹,也为我自己哀叹。我已经被困在陈词滥调里边了,我不再相信历史能够动摇这种陈词滥调。"

"什么陈词滥调?"

"我不想做进一步解释,这个词儿太让人沮丧。这陈词滥调,就像'卡住的唱片',已经不再有任何意义,因为现在已经没有唱针也没有唱机。世界从四面八方向我反馈过来的词儿是'阴冷'。她给这世界带来的信息就是不折不扣的阴冷。阴冷,这是什么意思?这个词儿属于一幅冬季小景,却不知怎么粘到了我身上。就像一条小杂种狗尾随而来,一路狂吠,甩也甩不掉。我被这词儿给粘上了,它要跟着我走进坟墓。它会站在坟墓边上,朝里面窥视,一边还狂吠不已,阴冷,阴冷,阴冷!"

"如果你不是一个阴冷的人,那你是什么样的人,妈妈?"

"约翰,你知道我是什么样的人。"

"我当然知道。不过,你说说吧,用言语来解释一下。"

"我是一个习惯于纵声大笑现在不再笑的人。我是一个哭泣者。"

她的女儿海伦在老城经营一家画廊。那家画廊,无论从哪方面来看都相当成功。画廊不是海伦的。她是替两个瑞士人打理它,他们一年两次从伯尔尼的老窝来到这儿,检查账目,把盈利揣进腰包。

海伦(或是按法国人腔调念作"赫伦娜"),比约翰小几岁,看上去却显老。即使在学生时期,她也是一副中年妇女模样,穿铅笔裙,戴猫头鹰眼镜,还戴着假髻。就是那种法国人见了马上就给腾地儿,甚至尊敬有加的类型:朴素的独身知识分子。如果在英格兰,海伦会立刻被视为图书管理员那类人物,成为被人取笑的对象。

事实上,她没有根据认定海伦一直守身如玉。海伦从不说起自己的私生活,但她从约翰那儿听说,她和里昂的一个商人交往多年了,那人周末会过来带她出去。谁知道呢,也许周末外出时她会风情万种。

一般人似乎不会特别揣测自己孩子的性生活。不过,她不能相信一个献身艺术的人,虽然只是在从事卖画的交易,内心会没有欲火燃烧。

她原本以为会有一场联合攻击:海伦和约翰让她坐下,将他们商量好的如何拯救她的计划强加于她。但是没有出现那种情况,他们相聚的第一个晚上过得非常愉快。这个话题是第二天提起的,在海伦的车里,当时她俩驱车向北去海伦挑选的一个午餐地点,位于下阿尔卑斯①的某个地方,约翰留在家里准备会议论文。

"妈妈,你愿意留在这儿生活吗?"海伦突然问起。

"你的意思是住在这大山里?"

"不,我是说法国,住在尼斯。我那座公寓楼里有一套房间十月份能腾出来。你可以买下那套房间,或者我们一起买下它。那套房间就在底楼。"

---

① 上普罗旺斯阿尔卑斯省的旧称。

· 他和他的人 ·

"你想我们两个住在一起？你和我？这也太突然了,我亲爱的。你的意思真是这样？"

"我们不住在一起。你完全可以独立生活。可是万一要是出现什么紧急情况,身边得有个你能够招呼的人。"

"谢谢,亲爱的,可是墨尔本就有受过良好训练的救护人员,对付一般的紧急状况他们得心应手。"

"拜托了,妈妈,我们别开玩笑了。你都七十二岁了。你的心脏有问题。你不可能一直是自己照料自己。如果你——"

"别再说了,亲爱的。我敢肯定,对于这种委婉迂回,你自己跟我一样受不了。我也许会摔断股关节,没准会变成老糊涂;缠绵病榻,一连几年卧床不起;我们要谈论的就是这类事儿。就算是这样,我的问题是:为什么要把照顾我的担子搁在我女儿肩上？你的问题呢,我猜想是:

你是完全真诚地要照顾我,保护我,哪怕只是仅有的一次,可难道不这么做,你就没法向自己交代了?我把咱俩的问题,与彼此相关的问题,说得够清楚了吧?"

"没错,我的建议是真心诚意的,也是可行的。我和约翰商量过这事儿。"

"我们别再扫兴了,不要辜负了这美好的一天。你已经向我提出了建议,我听见了,我保证我会考虑的。现在我们就抛开这事儿。你也肯定能猜到,我不太可能接受你的建议。我的想法是在另一个方向上转悠。老年人比年轻人更在行的事儿,就是死亡。老年人(多古怪的一个词儿!)理当老有所终,要向后来者表明怎样个死法才是合理的死亡。这就是我思考的方向。我就想专心致志地去实现一个合理的死亡。"

"在尼斯,你也可以像在墨尔本一样实现

合理的死亡。"

"才不是呢,海伦。你好好想想,就会明白不是那么回事。你得问问我,合理的死亡是什么意思。"

"你说合理的死亡是什么意思,妈妈?"

"合理的死亡就是让死亡发生在很远的地方,由陌生人来处置你的遗体,事情交给殡葬业人士。合理的死亡就是你从电报上得知此事:我们遗憾地通知你,诸如此类。可如今电报已经过时了,真是很遗憾。"

海伦恼怒地哼了一声。她们在沉默中驱车前行。尼斯远远地甩在了身后。她们沿着车辆稀少的公路驶入一处长长的山谷。虽说名义上已进入夏季,但气候还是很凉爽,好像太阳从未触及这里的深谷。她打了个冷战,摇上车窗。就像驶入寓言之中!

"孤独地死去是不对的,"海伦终于开口说

话了,"没有人握住你的手。这不合乎人伦常理。这是非人性的。这也缺乏爱意。请原谅我的用词,可我确实是这个意思。我想要握住你的手。跟你在一起。"

两个孩子之中,海伦一向是比较内向的那一个,与母亲的关系也更疏远。海伦从来没说过这样的话。也许在汽车里让人比较放松,开车时可以不必直视你的眼睛说话。她一定得记住开车有这好处。

"你真是善良,亲爱的。"她说。从她喉咙里发出的声音出乎意料地低沉。"我不会忘记你说的话。可是这事儿不觉得有些怪怪的吗,过了这些年之后回到法国来等死?我该怎么对边检的海关人员说?如果他们问起我来法国的目的?商务活动还是旅游?或者更糟的是,当他们问起我打算在法国待多久,我该怎么说?这辈子就待下去了?直到人生终点?还是只待

· 他和他的人 ·

一段时间?"

"就说是家庭团聚①。他会明白的。跟家人团聚。这种事儿每天都有。他不会问更多问题的。"

她们在一个叫"两个隐士"的小客栈里吃饭。这店名背后肯定有什么故事,不过她想还是别打听了。反正如果是个好故事,那也许就是编出来的。外面很冷,像刀子般凛冽的寒风一阵阵刮过,她们坐在挡风的玻璃窗里面,朝外眺望白雪覆顶的山峰。旅游季才刚刚开始,除了她们两个,只有另外两桌客人。

"漂亮吗?是啊,当然是漂亮的。一个漂亮的国家,一个美丽的国家,这是不用说的。美丽的法兰西②。可是别忘了,海伦,我已经够幸运的了,从事着这样一份幸运的工作。这辈子

---

①② 原文为法语。

的大部分时间,总是可以想去哪儿就去哪儿。我可以选中某个让自己被美环抱的地方。可是现在我想问问自己,所有这一切的美丽,对我有什么好处?美就像酒一样,也是可消费的吗?人喝下去,把它喝进肚子里,给人一种短暂的快感,晕晕乎乎的感觉,但它留下了什么?酒的残余是,对不起我得用这个词,尿液。那么美的残余是什么?有什么好处?难道美丽造就了更好的我们?"

"在回答你给我这个问题之前,妈妈,我可以跟你说说我的想法吗?因为我想我知道你要说什么。你想说的是,在你身上美没有产生你可以看得见的好处,而说不准哪一天你发现自己站在天国门口,你却两手空空,脑袋里冒出了一个大问号。这种话符合伊丽莎白·科斯黛洛的个性,这么说也完全符合你的个性。你也相信就是这么回事。

· 他和他的人 ·

"你不会说出来的回答是——因为这不是伊丽莎白·科斯黛洛的性格——是你作为作家创造出来的,不仅具有美本身——一种有限度的美,纵使不是诗歌,那也还是美,但是形状优美的,清澈明晰,简约节制——而且还改变了他人的生活,使他人成为更好的人类,或稍许好一些的人类。并非我自己是这么说的,别人也这么说,那些陌生人,他们对我说,当着我的面说。并非因为你的作品中包含了教益,而是因为它本身就是教益。"

"你的意思就像是水黾。"

"我不知道水黾是什么。"

"这是一种昆虫,或叫长腿蝇。这种昆虫以为只是在寻觅食物,其实它在池塘水面上蹿来蹿去,反复兜着圈子的动作,是在追寻所有的语词中最美的,上帝的名字。钢笔在纸上画来画去,就是在寻索上帝的名字,当你从远处观望时,就可以看得见,可是我却看不见。"

"是的,如果你喜欢这样说。可是还不止这些。你教人们怎样去感觉。凭借着恩典。当钢笔跟随思想而甩动的时候,恩典就来了。"

听上去这话相当老派,女儿阐述的这番美学理论很有些亚里士多德的腔调。这是海伦自己得出的见解,还是在什么地方读到过?她怎样拿这套理论去解释绘画艺术呢?如果说钢笔的韵律就是思想的韵律,那么油画笔的韵律又是什么?用喷罐作画该是怎么回事?这样的绘画如何教化我们成为更好的人类?

她叹了口气。"你这么说真是太体贴了,海伦,你如此体贴地试图让我安心。我这一生毕竟还是没有白过。当然我没有被你说服。正如你说的,如果我能被说服,那我就不是我自己了。但这不是安慰,我现在心情不好,你也看得出来。以我现在的情绪,我这辈子一路走来,似乎从头到尾都陷入了误区,况且这种误打误撞还不见得特别有趣。在我现在看来,如果一个人真想变得更好,其人生道路应该减少绕道而行,这比昏天黑地写上成千上万页著作要好。"

"比如说?"

"海伦,这不是一个有趣的话题。阴沉沉的情绪产生不了有趣的思想,至少在我的经验中是这样。"

"我们不能再谈下去了?"

"是啊,最好别再说了。让我们真正按旧日的规矩行事吧。安静地坐在这儿听听布谷鸟啼鸣。"

真的是布谷鸟一声声地鸣叫着,从餐厅后面的杂树林里传来。如果她们把窗子打开一道缝,风中的布谷鸟叫声会听得更真切:二部轮唱的动机,一个是高音,一个是低音,一再重复不已。芬芳馥郁,她想到了——济慈的诗句——

夏日时光的芬芳馥郁,夏日的安闲适意。一只糟糕的鸟儿,却是出色的歌手,却是布道的神父!咕咕,上帝的名字在布谷鸟的歌中唱出。一个充满象征的世界。

他们坐在海伦公寓的阳台上,在地中海温暖安适的夜晚,一起玩扑克牌。从儿女们孩提时期以来就没再这么一起玩过。他们玩的是三人桥牌,这种玩法曾被称作七点接龙,据海伦(赫伦娜)说,法语叫"拉米"。

晚上玩牌的主意是海伦提出来的。这主意起先听着怪怪的,好像是想着法子把一家人拢在一起;可是一旦开始玩上手,她也变得开心了。海伦的直觉真了不起:她从来就没怀疑过海伦的直觉。

此刻让她吃惊的是,玩着牌他们居然不知不觉就显露出三十年前各自的禀性,她本来以

· 他和他的人 ·

为他们各奔东西之后就再也不可能复位了:海伦出牌莽撞,还是那样满不在乎;约翰套路单调,多少可以预测;她自己呢,居然尤其争胜好强。说来这可是她自己的亲生骨肉啊,想想鹈鹕都会撕开胸脯喂养幼崽呢。如果他们玩牌是下了赌注的,她会把他们的钞票一把搂过来。这说明了她的什么特点呢?说明了他们仨的什么特点?是说明江山易改本性难移,还是名曰天伦之乐的家庭,都是坐在一起戴着面具玩牌以显示家庭幸福?

"好像我的牌技没有衰退啊,"她又赢了一局,"请原谅,真是不好意思。"这当然是谎话。她根本没有觉得不好意思。一点也不。她觉得洋洋得意。"很奇怪的是,人的某些能力能够保持多年不变,而另一些能力却开始丧失了。"

她仍然保持的能力,能够应用于此刻的,是过人的眼力。她可以毫不费心力地看清孩子们手里的牌,每一张牌都看见。她可以看到他们手里,她可以看到他们心里。

"你觉得丧失了什么能力呢,妈妈?"儿子好奇地问。

"我在失去的,"她轻佻地说,"是某种欲望,欲望的力量。"既然话到嘴边,说了就说了。

"我得说欲望本身并不是力量,"约翰执拗地回应,接过了接力棒,"也许可以表示某种强度。就像电压。但不是能量,不是马力。欲望可以让你想去爬山,却不能让你凭着欲望爬到山顶。"

"那么,是什么能让你爬到山顶?"

"能量。燃料。你在准备阶段为此而储存的东西。"

"能量。你想听听我的能量理论,一个老人的能量学说吗?别担心,这里面不会涉及任何私人问题让你们感到尴尬,也没有什么形而上学的东西,一丁点都没有。这种理论要多实际有多实际。听好了。当我们上了年纪后,肌体的每一部分都在衰退,或者说出毛病的概率增大,每一个细胞都是这样。从物质层面看,这就是衰老。甚至是肌体与细胞还在健康的状态中,老的细胞也染上了秋天的色彩(我承认这是个比喻的说法,但偶尔用几个比喻还不到形而上学的地步)。大脑的细胞也是如此。

"正如春天是为夏季做准备的季节,秋天则是回顾的季节。以秋天的脑细胞孕育出的是秋天的欲望,怀旧,一层层地裹在记忆之中。它们不再有夏天的热度;它们的张力充满多重意义和复合性,从倾向上说更多是朝向过去而不是未来。

"好吧,以上就是我的要点了,这就是我为大脑科学做的贡献。你觉得如何?"

"说到贡献,我得说,"儿子玩起了外交辞

令,"这与其说是大脑科学,不如说是思维哲学,是对那个哲学分支的贡献。何不干脆就说你沉浸在人生秋季的情绪中,什么也别再说了?"

"如果说仅仅是一种情绪,那么它会改变的,所有的情绪都会变化。太阳一出,我的情绪也会变得更加开朗。但我要说的是比情绪更深层次的灵魂状态。例如,怀旧泥沼①不是一种情绪,而是一种灵魂的存在状态。我的问题是,'怀旧'陷入'怀旧泥沼'之中,属于意识呢,还是属于大脑?我的回答是,属于大脑。出自尘埃的大脑原本并没有被赋予某种范式,从原初的黏液状态开始,它蔓延而无所定质,而它渴望回归。那是一种从物质本身传递出来的渴望。死亡的驱动力要比思想更深刻。"

---

① 原文为法语。

· 他和他的人 ·

这话听起来还真是那么回事,振振有词的样子,听上去一点都不疯狂。但这不是她心里所想。她想的是:谁会这么跟自己的孩子说话,而且是她可能再也见不到的孩子?她心里还想着:这只是一个处于人生秋季的女人可能会有的想法。我所有的思绪和言辞都是在回顾。我还剩下什么?我成了一个哀泣的女人。

"这就是你现在投入的研究——大脑科学?"海伦问,"你在从事这方面的写作?"

奇怪的问题;她直觉中感到有些奇怪。海伦从不跟她聊她工作上的事儿。不完全是她俩之间忌讳谈论这个话题,但的确是一个禁入之地。

"不是,"她说,"我还在写我的小说,这你可以放心了吧。我还不至于不顾身份到处兜售自己的观点。这是《伊丽莎白·科斯黛洛的观点》,要出修订版。"

"一部新的长篇?"

"不是长篇,是短篇小说集。你们想听听其中一个故事吗?"

"好啊,你讲吧。你有好多年没给我们讲故事了。"

"好吧,再讲一个睡前故事。很久以前,不过也是我们的时代,不是从前的时代,有一个人,为了求职面试,跑到一个陌生城市。他在旅馆房间里焦虑不安,觉得前景莫测,感到一无所知的茫然,于是他给应召女郎打了个电话。女孩来了,跟他消磨了一阵,他和她在一起很放得开,因为他和妻子在一起总是不太自在;他可以向她提出某些要求。

"第二天的面试进行得很顺利。他得到了这份工作,办理了相关手续,他就迁居到这个城市。在这个新公司的员工中间,诸如女秘书、女职员或是电话接线员之中,他认出了那个女孩,就是那个应召女郎,她也认出他了。"

"然后呢?"

"然后我就不能告诉你更多的了。"

"可这不是一个故事,这只是一个故事的铺垫部分。你不说接下来发生了什么,这就不能算是个故事。"

"那女孩不一定得是秘书。这男人接受了这份工作,搬到了新的城市,接下来照例去拜访城里的亲戚,他有一个从小时候起就再也没见过的表亲,或是他妻子的表亲。那表亲的女儿走进房间,啊,原来就是旅馆里认识的女孩。"

"说下去呀,后来怎样了?"

"这得看情况。也许接下来什么事儿都没有,也许故事就在这里结束了。"

"瞎扯。怎么会没什么事儿?"

这当儿约翰开口了。"这要看他俩在旅馆里混得如何。要看他当时都提了什么要求。妈妈,你能说说他提出了什么要求吗?"

"好吧,我说说。"

现在,他们都不作声了,他们三个都陷入沉默。得到了新工作的男人会怎么做呢,或是那兼职做妓女的姑娘又怎么来着,都不再重要了。真正的故事发生在阳台上,人到中年的两个孩子面对着他们的母亲,而她那扰乱他们内心,使他们感到沮丧的能量仍未衰竭。我是那个哀泣的女人。

"那男人提了什么要求,你能告诉我们吗?"海伦冷冰冰地问道,其实也没有别的可问了。

已经晚了,但也不太晚。他们不再是孩子了,每个人都不是孩子。无论是好是坏,他们现在坐在同一条叫作"生活"的破船上,在冷漠而黑暗的海洋上漂流,都不曾有过被拯救的幻觉(今天晚上她怎么会想出这种隐喻)。他们能

· 他和他的人 ·

学着一起生存而不是彼此吞噬吗?

"这男人在女人身上提的要求,会使我感到很震惊。但也许你们不觉得有什么可以大惊小怪的,我们是不同年代的人嘛。也许这世界早已在这方面扬帆远行,把我甩在岸上独自哀叹。也许这才是故事的内核:那个男子是年长者,当他面对女孩时脸红了,然而对女孩而言发生在旅馆房间里的事儿只是她生意的一部分,思维方式的一部分,生活的一部分。'琼斯先生……哈里叔叔……您好。'"

两个不再是孩子的孩子交换了一下眼神。这就结束了?他们的目光似乎这样说,这故事听起来不怎么样。

"故事里的女孩非常漂亮,"她说,"是一朵真正的鲜花。我可以向你们透露的是,琼斯先生,哈里叔叔,之前从来没有卷入过这种事情,从未羞辱过美的东西,从未让美去堕落。他拿起电话时,这事情还不在他的计划中。只有当这个女孩出现,他看见她时,看见这朵鲜花时,他才有了这个计划。看来这像是给他带来了某种冒犯,让他想到这辈子已经错失的美貌,而且从今以后有可能再也遇不到这样的美貌了,这似乎就是对他的冒犯。这世道太不公平!他可能在内心呼喊,而且以他痛苦的方式一直呼喊下去。总的说来,他不算是好人。"

"我还以为,"海伦说,"妈妈,你对美貌的重要性持怀疑态度呢,你曾把它叫作无足轻重的表象。"

"是吗?"

"多少是这意思吧。"

约翰伸出双手,一只手搭在了妹妹的胳膊上。"这个故事中的男人,"他说,"哈里叔叔,琼斯先生——他还是看重美貌的。他还是受到了美的魅惑。这就是他敌视与抗拒美的原因。"

"你是这个意思吗,妈妈?"海伦问。

"我不知道我是什么意思。这个故事还没有写出来。一个故事完整地从瓶子里出来之前,我一般不太愿意谈论它。现在我知道为什么了。"虽然这是个温暖的夜晚,她却轻轻地打了个寒战,"我会受到太多的干扰。"

"从瓶子里?"海伦说。

"这不是重点。"

"这可不是干扰,"海伦说,"也许你会从别人那儿受到干扰,但我们是支持你的。你自然明白这一点。"

支持你?胡说八道。孩子们总是跟父母作对,才不会支持父母呢。但这是特殊一周中的一个特殊的夜晚。很有可能他们不会再聚到一起了,他们三个人,这一辈子都不可能了。也许这一次,他们确实不那么自我了。也许她女儿说这话是发自内心的,真正是心里话,不是虚辞假饰。我们是支持你的。她自己的冲动都在拥抱着这几个词——也许,这也是出自真心。

"那么,告诉我接下来该怎么写。"她说。

"拥抱了她,"海伦说,"当着全体家人的面,他把姑娘拽过来,拥抱了她,无论这看起来有多奇怪。'请原谅我让你遭受的痛苦。'让他这么说。让他在她面前屈膝跪下。'让我因你对这世上的美再次顶礼膜拜。'或是能有诸如此类效果的话。"

"太爱尔兰暮光式了。"她喃喃地说,"太陀思妥耶夫斯基了。我可不敢确定会把它塞进自己的作品里。"

这是约翰在尼斯的最后一天。第二天一大早,他就要出发去杜布罗夫尼克开会,他们在那里要讨论的,似乎是时间开始之前的时间,时间终结之后的时间,这样一些问题。

"很早以前,我只是个孩子,喜欢透过望远镜瞭望。"他对她说,"现在,我不得不把自己重塑为一个哲学家,甚至是神学家。我的生活改变真大。"

"你希望看见什么呢?"她问,"当你透过望远镜凝望时间之前的时间的时候?"

"我不知道,"他说,"也许是上帝,他没有维度。他是隐身的。"

"好吧,我希望也能见到他。但我似乎做不到。代我向他问好吧。说不定哪天我就见到他了。"

"妈妈!"

"对不起。我肯定你已经知道海伦建议我搬到这里,在尼斯买一套公寓房。真是个有趣的想法,但我想我不会接受的。她说你也有个建议。你们真是热切啊,所有这些建议。我就像再次被求婚似的。你有什么建议?"

"你搬到巴尔的摩和我们一起生活。那儿是一幢大房子,空间很大,我们还可以再装修一个浴室。孩子们会很喜欢你来的。他们很高兴看见奶奶能在身边。"

"他们也许会高兴的,在他们只有九岁和六岁的时候。等到他们到了十五岁和十二岁,要带朋友来家里时,就不会愿意看到穿着拖鞋的奶奶在厨房里转来转去,嘴里叽叽咕咕,假牙吧唧吧唧,也许身上还有一股不好闻的气味。谢了,约翰,还是别这样。"

"你不必现在就做决定。我的提议一直保留着。我会一直等着的。"

"约翰,我不想说教,虽然我来自澳大利亚,那是绝对唯美国主子马首是瞻的奴才国家。但是,你要知道,你正在邀请我离开我的出生之地,投入那大撒旦的腹中,对这种做法我也许会持保留态度。"

他站住了,她的儿子,在漫步的路上她在他身边停下了脚步。他似乎正在思索她说的话,并把这些话连同布丁和果冻的混合物塞进自己的脑壳里,这脑壳是四十年前作为生日礼物传给他的,这脑壳里的细胞并未倦怠,尚未到那种程度,它们依然活跃,足以逮住一切大大小小的意念——时间之前的时间,时间之后的时间,以及应对一个上了年纪的母亲。

"不管怎么说你还是来吧,"他说,"别再坚持你的保留态度了。虽然我们都认为这不是一个最好的时代,但你还是来吧。本着悖论的精神。而且,劝你领受我一个言辞温和、很不起眼的劝谕,谨慎使用那些宏大的言辞。美国不是大撒旦。白宫那些疯狂的家伙不过是历史荧屏上的小光斑。他们终将要被扫地出门,一切都会回归正常。"

"所以,我也许可以哀叹,却不能谴责了?"

"正义,妈妈,我说的是正义,正义的声调和精神。你一辈子写下每句话之前都权衡其分量,偶尔放手一搏,精神抖擞地横扫一切——我知道很难不受其诱惑,但这会显得有失水准。你得明白这一点。"

"正义精神。我会把你所说的这个称呼放在心上。我会对这个问题加以考虑。你说那些人是疯子,在我看来,他们似乎一点儿都不疯。相反,他们所有人似乎太精明,头脑也太清醒,还有要在这世上青史留名的野心。他们想扭转历史的巨轮,扭转不成就沉没它。这幅图景对你来说太宏大了吗?这也会显得我有失水准吗?至于说到悖论,在我的经验中,悖论的第一课,就是不要依赖悖论。如果你依赖它,悖论就会让你失望。"

她挽起他的胳膊。他们默默无言地继续漫

步。可是他们之间的一切都有些不对劲了。她可以感受到他的倔强,感受到他的恼怒。她想起了,他以前是个容易生气的孩子。往事一下子拥到了眼前,他一生气,她就得花好几小时才能把他哄过来。一个阴郁的男孩,一对阴郁夫妇的孩子。她怎么敢想着跟他一起生活,跟他和他那个总是抿紧嘴唇不开心的妻子住到一个屋檐下?

她想,至少,他们没把她当成傻瓜。至少,我的孩子还是给了我这样的敬意。

"别再争执了,"她说(这会儿她在哄他?在讨好他?),"我们别再谈论那些讨厌的政治了。我们现在是在地中海海滨,老欧洲的摇篮,在一个馥郁芬芳的夏日夜晚。我简单说吧,你和诺玛还有孩子们,如果在美国待不下去,不能再忍受那种耻辱了,墨尔本的房子就是你们的家,向来都是这样。你们可以过来,你们可以作为移民过来,就像海伦说的,你们可以申请家庭团聚。现在,我们去喊上海伦,一起散步到坎贝塔街那个小餐馆,去好好地吃上一顿最后的晚餐,怎么样?"

老妇人与猫

他觉得这事情很难接受,不过是跟母亲随便聊上一阵(即便有这个必要),他就得大老远跑到她居住的卡斯蒂利亚高原①上这个与世隔绝的小村庄,这地方终年寒冷,晚餐只是一盘豆子和菠菜。此外还有一桩麻烦事儿,每当有人进门,那些半野生的猫儿就在屋子里四处乱窜,

---

① 西班牙西北部。

你还得对它们彬彬有礼。为什么偏偏是这样,在她的晚年,难道就不能找个文明的地儿安顿下来?来这儿一趟很麻烦,回去也很麻烦;就算在这里和她一起住下,也会生出更多的麻烦,许多不必要的麻烦。为什么跟母亲有关的每一件事情都会变得无比麻烦?

到处都是猫,在他眼前,猫的数量多得就像阿米巴虫似的在成倍地分裂繁殖。还有楼下厨房里那莫名其妙的男人,总是默不作声地坐在那儿,盯着自己碗里的豆子。这陌生人在他母亲房子里做什么?

他不喜欢吃豆子,这玩意儿使他胃肠胀气。只因为身处西班牙,就非要学着吃这种十九世纪西班牙农民的食物,这对他而言显得很做作。

那些猫儿尚未被喂饱,而且自然它们无法屈尊接受豆子。它们都在他母亲脚下转来转去,打着滚儿,舔着毛皮,想吸引她的注意。这要是他的屋子,他会把它们统统打出去。当然这儿不是他的屋子,他只是一个客人,他必须让自己表现得举止有礼,即便是对这些猫儿。

"这小无赖真是好不要脸,"他说着,一边指指点点——"那边的那只,脸上有块白斑的。"

"严格说来,"母亲说,"猫是没有脸的。"

猫没有脸。他又闹笑话了?

"我是说眼睛周围带白斑的那只。"他纠正自己的说法。

"鸟没有脸,"母亲说,"鱼没有脸,为什么猫就应该有脸?唯一真正有脸的生物是人类。我们的脸证明我们是人类。"

真是的,现在他明白了。他刚才是用词不当。人类有脚,而动物有的是爪子;人类有鼻子,而动物有的是鼻状器官。但如果说只是人类才有脸庞,那么,动物用什么,通过什么东西来面对世界?前部器官?应该使用什么词儿来满足母亲喜欢精确度的癖好?

"猫有一种神态,却没有脸。"他母亲说,"一种肉体性的神态。即便是我们,你和我,那张脸也并非与生俱来。那张脸是从我们身上引发出来的,就像炉火是从煤块里引发出来。我从你身上引发出脸庞,从你内心深处。我还记得自己曾日复一日趴在你身上,朝你呼唤,直到终于可以把你称作我的孩子,而你开始成形了。就像呼唤出一个灵魂。"

她陷入沉默。

为了一缕羊毛线,那只带白斑的小猫跟一只比它年岁大的猫扭打起来。

"不管有脸没脸,"他说,"我想关键取决于是否有一种活泼泼的神气。小猫让人有很多期待。只可惜它们很少达成。"

母亲皱皱眉头。"约翰,你所说的达成是什

么意思？"

"我的意思是,它们似乎有希望发育成一个个独特的个体,一只只品性各异的猫,每一只都有自己的个性特征,每一只都持有自己对世界独到的看法。可是最终,小猫只是变成了大猫,普普通通的猫,一般属性的猫,只不过代表了那个种类。跟我们世世代代的相处似乎也帮不了它们。它们没有变得个性化。它们没有发育出真正的个性。最多只是显示出某些类别特征:懒猫,坏脾气猫,诸如此类。"

"动物没有个性,就像它们没有脸一样。"母亲说,"你对它们感到失望,那是因为你对它们的期望值太高了。"

尽管母亲每件事情上都要跟他唱反调,但他并不觉得她有什么恶意。她仍然是他的母亲,也就是说,那个生育了他的女人,而且充满关爱却又心不在焉地照看他,呵护他,直到他在这世上能够自立,然后,多多少少就将他撇在脑后了。

"可是妈妈,如果猫没有个性,如果它们没有能力具备个性,如果它们只是一个又一个柏拉图所谓的猫的理念的具体呈现,那为什么要有这么多的猫?为什么不是只有一只猫?"

母亲没有理会这个问题。"猫有灵魂,但没有个性,"她说,"如果你能领会其中的差异就能明白了。"

"你最好再解释一下,"他说,"简单明了地让我这反应迟钝的局外人也能弄明白。"

母亲朝他莞尔一笑,那神态极其甜蜜。"确切说,动物没有脸,是因为它们的眼睛和嘴巴周围不像我们人类那样有幸拥有灵巧的肌肉组织,我们心灵的许多表达是靠那些肌肉组织来传递的。所以,它们的灵魂总归是无形的。"

"看不见的灵魂。"他沉吟道,"对谁而言是

· 他和他的人 ·

看不见的,妈妈?我们看不见?它们看不见?上帝看不见?"

"我不知道上帝的事儿,"她说,"如果上帝什么都能看见,那么所有的一切都逃不过他的眼睛。不过,你我当然是看不见的。严格来说,别的猫也看不见这只猫的神态表达:这用视觉是不可触及的。猫儿彼此的理解自有其他方式。"

他赶了那么多路来这儿就是要听她说这些:关于猫儿灵魂的神秘兮兮的胡说八道?厨房里那个男人是怎么回事?母亲什么时候能说说这人是怎么回事?(这个小小的房子无法安置隐私,他都能听见厨房里那人吃东西时轻微的鼻息,有点儿像一头猪。)

"彼此的理解,"他说,"这话到底是什么意思——彼此嗅着对方的私处?还是某种高尚的举止?还有——"他突然变得大胆起来——

47

"楼下那男人是谁?他是来给你干活的吗?"

"厨房里那男人叫巴博罗,"母亲说,"是我在照料着他。我在保护着他。巴博罗就出生在这个村子,一辈子都生活在这儿。他很内向,不能跟陌生人正常地交谈,所以我没有介绍你认识。听人说,几年前巴博罗有过一段很麻烦的经历,因为据说他向别人曝露自己那玩意儿。他只是习惯的露阴癖,并没有挑衅的意思。不是冲我来的——人上了岁数就不会有人向你曝露自己那玩意儿了——而是冲着年轻女人去的,还有孩子。

"社会服务机构打算将巴博罗带走,关到一个他们称作安全地带的地方。他的家人,也就是他母亲和一个未嫁的姐姐,没有表示不同意,他给她们带来的麻烦够多的了。这样我就插手揽上了这桩事情。我向社会服务机构那些人保证,如果他们允许他留下来,就让我来照顾

· 他和他的人 ·

他。我保证会看住他,不让他再有不恰当的举动。我这样做了,而且一直做到现在。厨房里的人就是他。"

"看来这就是你离不开这儿的原因了。因为你必须待在这儿,担任这个村子的露阴癖的保护人。"

"我得留心照看巴博罗,还得留心照看那些猫。那些猫儿也在村子里闹腾得厉害。几代人之前,这地方只有常见的家猫。后来,人们渐渐离开像这样的村庄,开始往城市迁徙,卖掉了他们的大牲口,扔弃了家里养的猫,让它们去自生自灭。自然而然,那些猫就野化了。它们又回归自然习性。它们还能怎么样呢?可是,村子里留下来的人们不喜欢那些野猫。一见它们露面就开枪打,或是用陷阱诱捕,然后将它们溺毙。"

"被自己的驯养者遗弃,它们重新导入自

己的野性灵魂。"他随口说。

这番评论本是故作轻佻,可是母亲并没听出是句玩笑话。"灵魂是不讲品性的,不分野生的、家养的或别的什么。"她说,"如果灵魂要用品性衡量,那就不是灵魂了。"

"可是你刚才还称之为看不见的灵魂,"他反驳道,"难道不可视不是一种品性吗?"

"没有一种客体是知觉上看不见的,"她回答,"不可视并非对象的品性。它作为一种品性,一种能力或无能,是对于观察者而言。如果我们看不见灵魂,我们就把灵魂称作不可视的。这只能说明我们的能力,不能说明灵魂的品性。"

他摇摇头。"你这种生活有什么意义呢,妈妈,"他说,"独自一人待在这大山深处、上帝遗弃的异国山村,拆解着什么主体、客体这类学院派的一堆乱麻,伴随着在家具底下钻进钻出的那些野猫,它们身上可都是跳蚤,天晓得还有什么别的寄生虫,这真是你想要的生活?"

"我在为我自己下一步做准备,"她回答说,"最后一步。"她凝视着他;她一脸平静;看来她完全是认真的。"我正在试着习惯将自己的人生融入与自己生活模式不一样的群体之中,那些以我的知识理性根本无法把握的、方式与我大相径庭的群体。这么说不知道能不能让你理解?"

能不能让他理解?可以。不行。他来这儿是为了商谈生老病死的事儿,临终的安排,母亲的后事以及为此考虑的相关事宜,而不是她死后的生活。

"不,"他说,"我不明白,不是很明白。"他一根手指伸进豆汤里,然后把手缩回去。那只玩耍中的白斑小猫迟疑了一下,过来好奇地嗅着那根手指,舔了舔。他定睛看看这只小猫,有那么一瞬间,小猫也回看他。在那眼睛后面,在那黑色的瞳仁后面,背后的背后,他看见了什么?刹那间电光火石般的一闪,就是隐藏在那后面不可视的灵魂吗?他不敢确定。如果确实有一道闪光,说不定是他自己在那瞳仁上的反射。

小猫轻轻跃下沙发,尾巴朝上一甩,跑开了。

"怎么样?"母亲问。她微微一笑,也许是带着嘲意。

他摇摇头,用纸巾揩拭着手指。"不,"他说,"我不明白。"

他睡在临街的那个小房间里。屋里冷得要命,他几乎没法脱衣睡觉。在冰冷的铺盖上,他佝偻着身子渐渐睡去。半夜里醒来,浑身都冻僵了。他伸手摸摸床边的电暖器,上床时他是打开着的。电暖器冰冷。他摁了床头灯的开关,灯却没亮。

他下了床,在黑暗中摸索着打开手提箱,找出袜子、裤子和大衣,一股脑儿穿到身上,又往脑袋上裹了一条围巾。然后,上牙磕着下牙,打着寒战再爬到床上,又时睡时醒地折腾到天亮。

母亲看到他时,他坐在起居室里,蜷缩着身子坐在昨夜火炉的灰烬前。

"断电了。"他抱怨道。

她点点头。"昨晚你开屋里的电暖器了吧?"她问。

"我一直开着,因为我怕冷。"他说,"我不习惯这种原始的生活方式,妈妈。我来自文明社会,处于文明社会的我们不主张生活必须是一片苦海。"

"先不说生活是不是苦海,"母亲说,"要知道,在这幢房子里,凌晨一点至四点这段时间,电热水器在给洗澡水加热,如果这时候你用电暖器,电路就跳闸了。"她停顿一下,淡定地看着他。"别耍孩子脾气,约翰。"她说,"别让我失望。我们在一起待不上几天了,你和我。让我看到你最好的一面,而不是最糟的一面。"

如果他妻子这样跟他说话,那就可能会引发一场夫妇大战——大吵一顿,接下来冷战的气氛还得持续好几天。可是在母亲面前,他似乎很能够忍气吞声。他母亲可以指责他,他会在一定限度内俯首屈从,即使那指责并不公正(他怎么知道热水器的事儿?)。好像在他母亲面前,他又变成了一个九岁的孩子,难道过去的几十年时间只是一个梦?他坐在早已冷却的余烬前,转过身仰脸看着她。好好解读我吧,他对她说,虽然他一声未出,是你声称人的灵魂会显露在脸上,所以,你好好解读我的灵魂,把我需要知道的告诉我!

"我亲爱的小可怜儿。"他母亲说着伸出一只手摩挲着他的头发,"我们要让你强健起来,如果每个人都像你这样,我们都要灭绝在冰川期了。"

"你养了多少只猫?"他问她。

"这得看一年中的什么时节,"她回答,"现在常来的有十几只,另外还有偶尔进来的。夏天就少得多了。"

"不过可以肯定,你喂养它们,它们就繁殖起来了。"

"它们繁殖起来了。"她同意这话,"这是正常的有机体的自然习性。"

"它们的繁殖量是几何级的。"他说。

"它们的繁殖量是几何级的。但从另一方面看,自然界也会控制繁殖量。"

"不管怎么说,我算是明白这村里的人为什么会焦虑不安了。一个陌生人跑到他们村子里,开始喂养那些野猫,这儿很快就会弄得野猫成灾。你就不怕失去某种平衡吗?你把粮食用来饲养那些猫了,让马吃什么啊?你就不能分出一点心思替那些马儿想想?"

"约翰,你想让我怎么做?"母亲说,"你想让那些猫都饿死吗?你想让我只喂养少数被挑选出来的几只?你想让我用豆制品替代肉食来喂它们?你想说什么?"

"你应该先给它们做阉割手术。"他回答,"如果你能够自己出钱,把它们一个个都捕获,做好阉割手术,那么你的村民邻居真的会感谢你,而不是私下诅咒你了。等到最后一代的猫,那些经过阉割的猫,安享天年之后,事情就了结了。"

"这是一个双赢的局面,是吧。"母亲的口

气听上去很尖刻。

"是啊,如果你要这么说的话。"

"在这个双赢局面里,我就成了一个理性而负责,并且不失人性地解决野猫问题的闪闪发光的典范了。"

他不作声。

"约翰,我可不想成为一个典范。"从母亲的话音里,他开始听出有些强硬味道,那么咄咄逼人的气势,他私下里认为就是一种强迫症。"让别人去做典范好了。我要追寻我自己的灵魂。我向来如此。如果你不能在这方面理解我,也就不能在任何方面理解我。"

"只要说到灵魂这个词,我通常总是没法理解。"他说,"我向你道歉。这是我所接受的过于理性的教育结果。"

他可不像母亲那样对动物如此着迷。在人类利益与动物利益二者之间,他总是毫不犹豫地选择人类,因为这是他的同类。善意而保持距离:他觉得自己对待动物的态度就应该是这样。保持距离是因为不管怎么说,人类与其余种类之间毕竟早就远远拉开了距离。

如果,由他自己来解决这个村子里的猫灾问题,如果他母亲不再牵涉其中——如果他母亲过世了(比方说)——他就把它们全都杀光。他会说,灭了那些畜生。野猫也好,野狗也好,这个世界已经足够多了。可是因为有他母亲牵涉其中,他就什么也不说了。

"我能不能跟你说说,"她说,"那些猫的完整故事——我和那些猫的故事?"

"你说吧。"

"我刚来圣胡安的时候,首先留意的就是,本地的这些猫儿,只要一嗅到人的气息就会一溜烟地逃掉。理由很明确:人类向来被证明是它们无情的敌人。我觉得这很可惜,我不想成为任何人的敌人。可是我能怎么做呢?什么都不能做。

"有一天,我在散步的时候,看见一只猫躲在涵洞里。那是一只雌猫,就要生小猫了。因为逃不走,它只好用眼睛瞪着我冲我咆哮。一只可怜的、饿得半死的生物,在污浊潮湿的地方怀着身孕,却准备用生命来保护自己的孩子。我想对它说,我也是一个母亲。可是它当然不能理解。也不想理解。

"就在那时候我做了一个决定。只是在一闪念之间。不需要有什么算计,不需要掂量其中的利弊。我决定,在收养猫这件事上,我要背弃自己的部族——狩猎人的部族——站在被猎者的一边。无论需要付出多大的代价。"

她还想说下去,但他打断了她,他要抓住这个机会。"对于村子里的猫来说这是个好日子,但对它们的受害者来说却是个坏日子。"他评价道,"猫也是猎食者。它们悄悄跟踪自己的猎物——鸟儿、老鼠、兔子——还有,更糟的是,它们会把那些猎物活活吞噬下去。你怎么解决这其中的伦理问题?"

她没理会他的问题。"我对问题不感兴趣,约翰,"她说,"对问题没有兴趣,对解决问题也没有兴趣。我讨厌那种将生活视为一系列需要付诸智力去解决的问题的思维模式。猫不是一个问题。那个躲在涵洞里的猫在恳求我,而我回应了。我没有提什么问题,不涉及任何道德考量就回应了。"

"你面对面地遇上一只做妈妈的猫,你就不能拒绝它的恳求。"

她揶揄地问他:"你干吗这么说?"

"因为正是在昨天,你告诉我,猫是没有脸的。我至今记得,自己还是个孩子时,你曾教导我要尊重他人,当我们跟他人面对面相遇,被他

他和他的人

们恳求时,我们不能拒绝他们,除非我们打算摒弃自己的人性。恳求应该是比伦理更优先更单纯的选项——你是这么说的。

"你说过,问题在于,那些夸夸其谈地讨论我们受到他者质询的人们,恰恰不愿谈论关于动物的质询。他们不肯接受这样的事实,即在遭受苦难的动物眼中,我们也许同样会面临某种诉求,而拒绝付出同样高昂的代价。

"但是——我现在问我自己——照你所说,我们拒绝遭受苦难的动物的恳求时,我们拒绝的究竟是什么?我们是要否认彼此共通的动物性吗?*动物性*,这种奇怪的抽象概念表达了什么样的伦理状况?在你看来,动物的眼睛,缺乏发育良好的必要的肌肉组织来表达灵魂,究竟能向我们发出什么样的恳求呢?如果动物的眼睛只不过是一种非表达功能的视觉器官,那么,事实上你认为在动物眼中看到的,也许只是你希望看到的。动物没有真正的眼睛,动物没有真正的嘴唇,动物没有真正的脸——我很乐意退一步承认这一切。但如果它们没有脸,那么我们,长着脸的我们,怎能在它们中间辨认出我们自己呢?"

"我从来没说过涵洞里那只猫有脸,约翰。我说它把我看作一个敌人,冲着我咆哮。世代的仇敌。种类的仇敌。那一刻我感受到的,与彼此的表情交流完全无关:只能以母性来理解。我不想生活在这样的世界里:穿着靴子的人会利用你正在生孩子时脆弱无助、无法逃开的状态,一脚把你踹死。我也不希望生活在这样的世界里:我的孩子们或是别的母亲的孩子们被人夺走并溺毙,只因为有人裁定孩子数量过多。

"孩子的数量永远都不嫌多,约翰。事实上,坦白说我曾希望有更多的孩子。之所以没有多生并非身体原因,而是我犯了一个可悲的错误,当时我觉得自己只需要两个孩子,你们两个,你和海伦——两个孩子,很美满,很匀称,很合理的数字,应该可以向这世界证明这对父母并不自私,其对生活的要求并未超过未来给予他们的合理份额。现在说这些已经太晚了,但我希望有许多孩子。再说,我喜欢看着孩子们在街上奔跑(你难道没注意到,这个村子由于没有孩子而显得多么死气沉沉?)——孩子们和小猫小狗,还有别的小动物,他们有那么一大群,多好,一大群又一大群。

"在生命的边境地带——这是我想象中的情景——所有那些幼小的灵魂,猫的灵魂,老鼠的灵魂,鸟的灵魂,未出生的孩子的灵魂,挤成了一堆,恳求进入世间,想要被赋予形体。我想让它们进来,让它们都进来,即使只能出现一两天,即使它们只能对我们这美丽的世界匆匆瞥上一眼。说到底,我是什么人,难道能够抹杀它们被赋予形体的机会?"

"真是一幅美好的图景。"他说。

"是啊,这是一幅美好的图景。继续说下去。你还想说什么?"

"这是一幅美好的图景,可是谁来喂养所有这些生命?"

"上帝会喂养它们。"

"没有上帝,妈妈。你知道的。"

"是没有,是不存在上帝。但至少,在我希望并为此祈祷的那个世界上,每一个灵魂都有机会。未出生的生命将不会等在门外,哭着喊着要进来。每一个灵魂都有机会去体验生活,这是无可比拟的最甜蜜的妙谛。最终,经历无数的我们终于可以抬起头来,掌握着生与死的我们,掌握着天地万物的我们。我们不必再站在那儿把着门说,对不起,你们不能进来,这里不需要你们,你们太多了。我们反倒要能够说,欢迎,进来吧,我们需要你们,需要你们所有的一切生命。"

他不习惯母亲这种狂想曲似的情绪。于是他等待着,给她所有可能的机会,让她回到地面上,证明自己的清醒。但是没有机会,这种情绪就是粘住她不肯离去:她的嘴唇带着微笑,脸上神采飞扬,瞥向远方的凝视中好像没有他这个人似的。

"对我自己而言,"他终于开口了,"我敢说,如果不止有一个姐妹肯定会更好。但让我感到困扰的问题是:如果你生育了十几个孩子而不是现在的两个,海伦和我今天会在哪里?你怎么负担我们的昂贵的教育费用呢?而正是那种教育能让我们有幸获得收入丰厚的工作和舒适的生活。当我还是小男孩时,我是否会被送到铁路站场去扫煤,或是去地里挖土豆?海伦是否会被送出去给人家擦地板?还有你自己会怎样呢?那么多吵吵嚷嚷的孩子需要你照看,你哪里有时间来琢磨这些高尚的思想,撰文写书成为知名作家?得了,妈妈:有幸投胎到一个富裕的小家庭和投胎到一个贫穷的人口众多的大家庭之间的两个选项中,我肯定每一次都选择投生到那个小家庭。"

"你看待这个世界的方式真是奇怪。"母亲被逗乐了,"你还记得巴博罗吗?昨天晚上你看到的那人:巴博罗有许多兄弟姐妹,但他们都到大城市去了,留下他一个人在这里。巴博罗有困难时,他的兄弟姐妹们没有一个来帮帮他,反而是一个外国女人,一个养着许多猫的老女人。兄弟姐妹并非一定彼此相爱,我的孩子——我没有天真到会那样以为。

"你说如果你可以在成为一名大学教授和成为一名农夫之间做选择的话,你会选做个教授。但生活并不是由种种选项组成,这是你一直没搞明白的地方。巴博罗并不是作为某种虚无缥缈的灵魂去面对这样的选项:成为西班牙国王好呢,还是做个村庄里的白痴好?他来到人世间,睁开人类的眼睛朝四周张望,注意了,他是在圣胡安的奥比斯博,在底层的最底层。生活是一系列需要解决的问题;把生活看作一系列可以做出的选项:多么奇怪的看世界的方式!"

当她处于这种亢奋中,想跟她争辩是徒劳的,但他还是刺了她一下。"但是,"他说,"但是,你选择了干涉这个村庄的生活。你选择了守护巴博罗,不让他接受社会福利体系的救助。对于这村子里的猫,你选择了扮演拯救者的角色。你本可以做出不同的选择。你本可以坐在书房里凝视着窗外,以风趣的笔法描写西班牙乡村,然后把文章寄到杂志社。"

他母亲不耐烦地打断了他。"我知道选择

意味着什么,你不必来告诉我这个。我知道选择作为是什么感觉。我甚至更清楚不作为是什么感觉。我本可以选择写一些你说的那种愚蠢的速写。我本可以选择让自己不要和这个村子里的猫打什么交道。我确切地知道深思熟虑做出决定过程中的感觉与滋味,我深知道手中所握之无足轻重。而我所说的另一种可能并非是一种选择,而是一种赞同。就是放弃自我。就是只能说可以。你要么明白我的意思要么就是不明白。我不想再解释了。"她站起身来,"晚安。"

这是他在圣胡安的第二个夜晚,他戴着羊毛帽子,穿着运动衫、裤子和袜子上床,睡得比第一夜好一些。当他走进厨房寻觅早餐时,几乎有了些许温馨的感觉,肚子很饿了。

厨房是温暖明亮的。老式的铸铁炉里蹿出

· 他和他的人 ·

的火苗噼啪作响。巴博罗坐在炉边的摇椅上,膝上盖着一条毯子,他戴着眼镜,正在看报纸。"早安。①"他对巴博罗说。"早安,先生。②"巴博罗回答。

母亲却不见踪影。他有些奇怪了:她向来是个早起的人。他给自己做了咖啡,做了牛奶麦片粥。

他走近看了看,事实上巴博罗不是在看报,而是在整理一大堆剪报。大部分剪报都被他小心地折叠起来,放进他脚边地板上一个硬纸板盒子;他膝盖上也搁着几份剪报。

因为母亲说过巴博罗的事儿,他想象中那些剪报不过是一些衣着暴露的女人。但巴博罗似乎能觉出他的非难,拿起一张剪报,告诉他是教皇③。

---

①②③ 原文为西班牙语。

那上面是教皇保罗二世的照片,身着白袍的教皇,攥着他的王杖身体微微前倾,举起两根手指在向人们祝福。

"很好。①"他对巴博罗说,点头微笑一下。

巴博罗又拿起一张照片。还是约翰·保罗。他又微笑了一下。他心想,巴博罗知不知道这位波兰教皇已经去世了,现在是一位德国教皇了?新闻需要隔多久才能传到这个村子?

巴博罗没有回以微笑,但他张开嘴,露出了牙齿。他的牙齿很细小,又小又密让他想起鱼的牙齿,似乎上面裹着一层白色的膜,那层膜又厚又黏无法用口水化去。他心想,如果一个人一年到头都不刷牙,牙齿就会是这副模样,他立刻觉得反胃,什么都吃不下去了。他拿了张餐巾纸伸向嘴边,站起身说了声意大利语的对不

---

① 原文为西班牙语。

起,就离开了厨房。

他的词用错了,窜入了意大利语。你怎么用西班牙语说"对不起,但你实在不忍看着对话者的那张脸"?

"他不洗洗吗?"他问母亲,"我注意到他不刷牙。你靠近他身边时怎么能受得了?"

他母亲开心地大笑起来。"是啊。然后只要想象一下和他这个人做爱就够了。可是,一般来说男人根本不在乎自己的气味。不像女人。"

他们坐在小小的后院里,他们两个,沉浸在无精打采的阳光下。

"嗯——要是我没有理解错的话,"他说——"这个人就是你在西班牙的产业的继承人了?这样安排是否明智?你能肯定你离开之后他不会马上就把那些猫全都撵走?"

"我怎么能给巴博罗打包票?我怎么能断

言任何人会怎么做？我想我可以委托一个信托机构,巴博罗可以按月从中获取补助,这个信托机构可以雇人来突击检查,看看巴博罗是否履行职责。但这样做就太像卡夫卡的《城堡》了——你不觉得吗？没用的,那些猫只能凭运气在巴博罗这里讨生活。如果巴博罗是个坏家伙,它们就只好四处流浪,苟延残喘地活下去。先是在仁慈的伊丽莎白女王庇荫下过了多年好日子,然后在坏国王巴博罗手里过苦日子:如果你有点哲学头脑,就像大多数动物那样,你会耸耸肩膀对自己说,世道就是如此,然后结束生活。"

"即便如此,妈妈,让我们严肃一会儿吧,如果你想要这个村子变得更好,难道找一个合法的信托机构不是个好主意吗——不是那种需要监管巴博罗是否诚信的信托机构,而是那种愿意悉心照料无家可归动物的机构？你也付得起这个费用嘛。"

"悉心照顾……,听着,约翰。到了某些机构那里,所谓悉心照顾就意味着抛弃,意味着杀害,意味着仁慈的死亡。"

"照顾并不是某种委婉语——我说的就是它的本义。给它们一个庇护所,喂养它们,在它们年老生病时照料它们。"

"我会考虑的。尽管我必须说,我更喜欢让事情做得简单明了。把我的祝福留给巴博罗,提醒他照料那些猫。因为这也是为他做出的安排,尽管你也许觉得他让人倒胃口。为了让这个以前从未被人信任的人能够受到信任。也许我还得给教皇去封信,要求他监督一下他的仆人巴博罗。也许这点小手段可以奏效。巴博罗非常崇敬教皇,你肯定也注意到了。"

这天是星期六,他要离开这儿,开车去马德

里,然后从那儿飞回美国。

"再见,妈妈,"他说,"很高兴有机会能在你的山村隐居地见到你。"

"再见,我的孩子。代我向孩子们和诺玛问好。我希望你的这次长途旅行有所收获。但是,嘘!"她举起一根食指,但并没有真的摁在他嘴唇上,这不是她的做派——"你不必告诉我,你只是完成自己的职责,我知道的。一个人完成自己的职责没有什么不好。是职责让这个世界运转着,不是爱。爱很好,我知道,是额外的红利。但不幸的是,它不可依靠。并非总能涌现。

"不过,你也去跟巴博罗道个别吧。巴博罗喜欢感觉自己是家里的一个成员。去对他说上帝与你同在[①]。这是老派的道别方式。"

[①] 原文为西班牙语。

· 他和他的人 ·

他走向厨房。巴博罗坐在老位置,火炉旁边的摇椅上。他伸出一只手。"再见,巴博罗,"他说了一声,"上帝与你同在。①"

巴博罗站起来,拥抱了他,在他两边脸颊上各吻了一下。巴博罗张大嘴巴时,他都听见了稀里哗啦的口水声,闻到他呼吸中那股挥之不去的甜腻味儿。巴博罗说:"上帝与你同在,先生。②"

---

①② 原文为西班牙语。

他和他的人

现在回过头来谈谈我的新伙伴吧。我非常喜欢他,为使他成为一个有用的、能干的人,我在每件事情上都给他指点,教他怎么做——特别是教他说英语,使我说话时他能听得懂,他真是个聪明的学生。

——丹尼尔·笛福《鲁滨孙飘流记》

波士顿,漂亮的小城,坐落在林肯郡的海

· 他和他的人 ·

边,他的人写道。全英格兰最高的教堂的尖顶耸立在那儿,领航员用它来导航。波士顿周围是一片泽国①,到处是麻鳽——那不祥的鸟儿发出沉郁的呻吟和鸣叫,声音响得两英里开外都能听见,像是放枪。

不过这泽国也是其他各种鸟类的家园,他的人写道,普通的野鸭、绿头鸭、短颈野鸭和赤颈鸭。为了去逮这些鸭,泽国里的人们(沼地人)驯养出一种鸭子,他们称之诱饵鸭,或是囮鸭。

泽国就是大片的湿地,欧洲到处都是这样大片的湿地,全世界都有这类湿地,但在别的地方不叫泽国,这个名称只有在英格兰才用,没有传到外面去。

这些林肯郡的囮鸭,他的人写道,是在诱饵

---

① 原文 fen(s),沼泽,又指英国剑桥郡和林肯郡之间的沼泽地带。

77

鸭塘里经人驯养而长成的。等到捕获季节它们就被放到外面去，放到荷兰、德国去。在荷兰和德国，它们碰到了自己的同类，目睹荷兰、德国那些鸭子的生活是何等不易，人家的河流在冬天的寒风中被冻住了，大地被积雪覆盖。它们总算用明白晓畅的语言叫那些荷兰、德国同类脑瓜子开了一点窍，叫它们知道，在英格兰（它们就来自那个地方），生活可是完全不一样的：英国的鸭子生活在食物丰盛的海岸边；潮水自由地涌向四通八达的河湖港汊；那里有湖泊，有泉水，有袒露的池塘，也有被树荫遮挡的池塘；田野里满是拾穗者遗漏的谷物；没有冰霜没有雪，如果有也算不得什么。

当然这些景象都是用鸭子的语言来描述的，他写道，于是那些诱饵鸭或是囮鸭把成群的鸭子们凑到了一起——然后可以说——就是诱拐了它们。这些英格兰的鸭子就带着它们从荷

· 他和他的人 ·

兰和德国越过大海河流,来到了自己的林肯郡泽国的诱饵鸭的池塘里,它们一直对着它们吱吱喳喳喋喋不休(用它们自己的语言),告诉这些新来者说,这就是它们说的那池塘,它们可以悠然自在地在这里过日子。

其实它们早已经被那些驯养诱饵鸭的人盯住了,这些人潜入泽国隐蔽之处,那是他们在泽国里搭起来的芦苇棚里,偷偷将一把把谷物抛进水里,驯养的诱饵鸭就一路跟着主人撒的东西走,后面就跟着那些外国客人。这样两三天以后,它们领着客人们进入越来越窄的水道里,而且还一路不时招呼着说,瞧我们英格兰日子多么好过,然后它们来到一处已经张好了许多网的地方。

这时诱饵鸭的主人放出了诱鸭犬,这些狗被训练得能跟在禽类后面游泳,一路游一路吠叫。可怜的鸭子被追得紧时连忙飞起来,但又被上面架着的网撞落到水里挣扎成一团,想要游出来,但网越收越小,像一只钱袋,最后那些等着收获的人就伸出手来一只只把捕获物捉住。那些诱饵鸭得到了抚慰和夸奖,而它们的客人则被当场击昏,褪了毛,然后成百上千地拎出去卖掉。

林肯郡的这一切新闻就是他的人用匀称而灵巧的手写成的,每天在把这新闻故事搬到纸上之前,他的人都要把羽毛笔削得尖尖的。

在哈利法克斯[①],他的人写道,耸立着一具断头台(英王詹姆斯一世时才被挪走),那倒霉的人把头搁在断头台的架子上,刽子手敲掉一根擎着沉重刀具的木栓,刀从教堂门那么高的梁架上落下来,砍头像屠夫剁肉一样干脆利索。

在哈利法克斯有这么个不成文的规矩,如

---

① 哈利法克斯,英格兰北部城市。

· 他和他的人 ·

果在敲掉木栓到刀片落下的那一瞬间里,那倒霉的家伙能够一跃而起从山上逃下来,游进河里,没有被刽子手再次逮住的话,他就可以获得自由。但实际上这样的事儿从古至今并未发生过。

他(不是他的人,而是他本人)坐在布里斯托尔①河边的房间里看着这写的东西。他已经历多年时光,几乎可以说如今他已是个老人了。在用棕榈叶和蒲葵做成阳伞遮挡阳光之前,他那张脸就已经被热带的阳光晒黑了,但现在他苍白了些,可还是老厚得像羊皮纸,鼻子上有一块被太阳晒出来的永远也长不好的疤。

这会儿一直陪伴着他的那顶阳伞在屋里,伫在一个角落里,可是跟他一起回来的鹦鹉却死了。可怜的鲁滨!这只鹦鹉经常呱呱大叫着

---

① 布里斯托尔,英格兰南部港市。

从它的爪架上飞到他的肩上,可怜的鲁滨·克鲁索!谁会来救可怜的鲁滨呢?他的妻子不能容忍鹦鹉的哀鸣,可怜的鲁滨每天飞进飞出。我要拧断它的脖子。她说,但她没胆子这么干。

当他带着鹦鹉、阳伞和一大箱子宝贝回到英格兰时,他和老妻两人住进他在亨廷顿买的房子过了一段相当平静优裕的日子,因为他已经变得挺有钱了,比他出版那本自己的冒险故事①后还要有钱。然而多年的荒岛生活,以及与他的仆人"星期五"的四处漂泊(可怜的"星期五",他为他自己感到悲戚,呱呱——呱呱,这是因为鹦鹉总也不会叫"星期五"的名字,只会叫他的名字),使他觉得陆地上的绅士生活乏味透了。而且——如果实话实说——婚姻生活也叫人失望透顶。他愈益频繁地跑到马厩里

---

① 指的是《鲁滨孙飘流记》。

去侍弄他的马匹,谢天谢地马儿们不会聒噪,只会在他到来时轻轻地啜嚅几下,表示它们认得他,然后就安耽下来。

在那个岛上,"星期五"出现之前他一直过着默不作声的日子,但回来后却发现人世间的话语太繁杂了。在床上躺在老妻身旁,她的唠叨和没完没了的窸窸窣窣让他觉得好像是一阵卵石的急雨在往头上倾倒,那时候他只图能安稳地睡上一觉。

所以当老妻化为幽灵之后,他有点悲伤却绝无遗憾。体面地埋了她然后又过了一段时间后,租下了布里斯托尔海边快乐水手客栈的一间屋子,又把亨廷顿的房产留给他儿子去管理。伴着他的就只有那把从岛上带来的使他变得大名鼎鼎的阳伞、一只固定在架子上的死鹦鹉和一些生活必需品了。从此他就一个人过起日子来,白天在几个大小码头转悠,朝西面凝望着远处的大海——他的视力还不算太糟,一边抽着烟斗。至于吃饭,他一般都在自己屋里吃。他不觉得社交圈子有什么乐趣,他在岛上养成了独处的习惯。

他也不看书,对此丧失了兴味,可是自从写出他的冒险故事之后,写作倒成了他的习惯,作为一种精神调剂还是挺不错的。晚上就着烛光,他拿出纸来,削尖了羽毛笔,把他的人写上一两页,就是这个人送来了林肯郡诱饵鸭和哈利法克斯大行刑架的消息(就是他说的,当可怕的断头刀落下来之前,死刑犯如果能一跃而起冲下山去就可免死,还有其他诸如此类的消息),每到一处,他的这位大忙人就寄来关于当地的报道,这是他的人的头等大事。

漫步在港口的防波堤上,想起哈利法克斯的杀人机器的事,他,鲁滨,那只鹦鹉叫他可怜的鲁滨,扔出一块小石子,听它落水的声响。一秒钟,石头落进水里不到一秒钟时间,上帝的慈爱来得很快,但也许快不过那把淬过火的钢刃刀片(刀片比小石头重而且还涂了油脂),大刀会比上帝的慈爱更快吗？我们如何逃脱？那人忙着在这个帝国里窜来窜去,从一个死亡场景到另一个死亡场景(暴打、砍头)寄来一份又一份报道,他是哪一类人？

一个做生意的,他暗自思忖。就让这个人成为一个谷物批发商或一个皮革批发商吧；要不一个制造商,或是某个陶土特别多的地方一个做屋瓦的,就是说,必须是一个喜欢颠来颠去做生意的人。让他的生意兴旺发达,给他一个爱他的老婆,不要太唠叨,生一堆孩子,主要是女儿；给他一份合情合理的幸福,然后让他的幸福生活戛然而止。比方说泰晤士河突然在冬天涨大水,窑里的瓦片都被大水冲走了；或者是仓库里的谷物给大水冲走；或者是皮革车间里的皮革给冲走；他全完了，他的这个人一无所有了，然后债主扑上来，像苍蝇像牛虻，向他讨债；他只得逃出家门离开妻子和孩子东躲西藏，隐名瞒姓躲进最糟糕的穷街陋巷。所有这一切——洪水、破产、躲藏、一文不名、破衣烂衫、孤独凄凉——构成那艘失事船上的人物和那个荒岛的故事，他在那儿，可怜的鲁滨，与世隔绝地生活了二十六年，差点儿要发狂（说真的，谁说他没有发狂？也许是在某种程度上呢？）。

或者让这个人成为一个马具商，在瓦尔特切珀尔①有一个家、一家店、一个仓库，下颏上有一颗痣，有一个爱他的太太，不唠叨，给他生了一堆孩子，主要是女儿，给他很多幸福，直至有一天瘟疫降临这个城市，那时一六六五年的伦敦大火还未发生；每天都有人死于瘟疫，渐而

---

① 瓦尔特切珀尔，伦敦东部一个区。

· 他和他的人 ·

毁了整个城市,尸体堆积如山,不管穷人还是富人都难逃一死,因为瘟疫是不认方向不认人的,所以这个马具商的世间财产也救不了他一命。他把老婆孩子都送到乡下去,然后才筹划自己逃命的事儿,但随后打消了念头。汝勿惧怕黑夜的威胁,危急关头他打开《圣经》,汝必不怕白日飞的箭,也不怕黑夜行的瘟疫,或是午间灭人的毒病。虽有千人仆倒汝旁,万人跌倒汝身边,这灾却不得近汝之身。① 这些兆示平安的话使他振作起来,他留在充满痛苦的伦敦开始着手撰写新闻报道。他写道,我在街上遇见一大群人,其中有一个女人指着天空。看,她喊,那缟衣素裳的天使挥舞着闪闪发光的剑!那群人都点着头,真是,是这样,他们说,一个挥舞着剑的天使!可是他,这个马具商,根本没瞧见什

---

① 见《旧约·诗篇》第九十一章,原文引自古英语的詹姆斯一世钦定本。

么天使,也没有什么刀剑。他眼中所见只是一朵奇形怪状的云彩,由于太阳的照射,一边比另一边亮些罢了。

这是一个象征!街上那女人喊道,可他看不到代表他生命的任何象征。他把这事写进了报道。

有一天,走在河边,他的人——原先是马具商,现在已成无业者——看见一个女人在自家门口朝河面上喊着一个驾舟的男人:罗伯特!罗伯特!她喊道。那男人将小划艇靠了岸,从船里拎出一个麻袋,搁在岸上的一块石头上,然后又划走了。那女人把麻袋抱回家去,一脸的悲悲戚戚。

他转向那个罗伯特跟他去搭腔。罗伯特告诉他,那女人是他的妻子,麻袋里装着老婆孩子一个星期的日用品,肉食、米粮和黄油,但他又不敢靠家太近,因为家里所有的人,老婆孩子都已经染上了瘟疫,这叫他心碎。这一切——靠着隔河互相喊叫来保持联系的那个叫罗伯特的男人和他的妻子,还有留在河边的口袋——当然代表其自身,但自然也代表他的一个人物鲁滨孙在荒岛上的孤寂:在岛上最黑暗的绝望时刻,隔着海浪呼唤他在英格兰的亲人来救他;其他时候则泅到失事船只上搜寻日用品。

有关那些日子的悲惨情景报道还在写着。因不堪忍受小腹、腋窝的肿胀和疼痛——这是瘟疫的征兆,一个男人裸着臭烘烘的身子从家里跑出来号叫着奔到街上,冲进瓦尔特切珀尔的哈罗港,他的人(那个马具商)说是看见这男人跳跃着,昂首阔步地走着,做出各种各样千奇百怪的动作,他的妻子孩子追赶着他,喊叫着要他回去。但这种跳跃和阔步行走有他自己的寓意蕴涵其中。自从船只失事的灾难降临,他在岸边左奔右突搜寻船上伙伴的踪迹,除了一双不配对的鞋什么都没找到,他明白了自己已被抛弃在孤无一人的荒岛上,像是从世间湮没一样,没有获救的希望了。

(但他纳闷的是,他所读到的这个染上瘟疫的可怜的人,除了他的孤寂凄凉,他还在悄悄吟唱着什么?穿越大海深洋,穿越时光岁月,他隐秘的内心之火在呼唤着什么?)

一年前,他,鲁滨孙付了两个畿尼给那个带鹦鹉来的水手,那水手说鹦鹉是他从巴西带来的,这只鸟不像他自己喜欢的那只漂亮,但也算是一只靓鸟了——绿色的羽毛,鲜红的羽冠,嘴巴灵巧,如果那水手的话可信的话。那只鸟在小客栈他的房间里总是立在架子上,脚上拴着一根细细的链子,怕它万一飞掉。它总是叫:可怜的保尔!可怜的保尔!叫了又叫直到被迫给它套上罩子。别的话总也教它不会,比如:可怜的鲁滨!也许它太老了,学不会。

· 他和他的人 ·

可怜的保尔,透过狭窄的小窗凝望着丛丛桅杆顶端,目光越过桅杆的顶端,落在大西洋那灰蒙蒙的波浪上:那是什么岛屿?可怜的保尔问,我被抛到这岛上,如此寒冷,如此凄凉,在我最需要的时候,你在哪里,我的救主?

一个人,那天晚上喝醉了酒(他的人的另一份报道),躺在门道里睡过去了。运尸车开来了(我们依然在瘟疫时代),邻居以为这个人死了,就把他搬上运尸车混到了尸体堆里。运尸车一个接着一个地装尸体,然后把尸体堆到山上的一处死人坑里,那司机脸上裹得严严实实防着熏人的恶臭,把他也扔进坑里。他醒来时在死人坑里挣扎起来。我在哪里?他喊叫着。司机说:差点把你和死人一起埋了。我死了吗?这个人说。这也是那个荒岛上他的写照。

一些伦敦人还是做他们的生意,因为觉得

自己还挺健康,想着瘟疫将要过去了。但其实瘟疫已秘密渗入他们的血液中了:一旦他们的心脏被感染上,他们就在那里倒下死去。他的人这样报告道:好像被一道闪电击中。这是一个生活本身的故事,是整个人生的故事。要早做准备,我们应该对死亡的来临早做准备,否则随时随地会被它击中倒地死去。对他而言,鲁滨孙,在他的荒岛上,他已经看见这种命运突然降临。某一天,他看见岛上有一个人的脚印,这是一个印迹。于是也就成为一种标记了:一只脚,一个人。但还有更多的意义。你并非独自一人。这个标记说。它还说:不管你走出多远,不管藏身何处,你都会被搜寻出来。

在瘟疫的日子里,他的人写道,有一些人出于恐惧,把一切都丢开了——他们的家,他们的妻子、孩子,自顾飞快地逃离伦敦。一旦瘟疫过去,他们的行为就会为人所不齿,无论从哪方面看他们都是懦夫。但是,我们忘记了面对瘟疫时需要唤起的是什么样的勇气。这不仅仅是战士的勇气,也不是抓起枪打死敌人的勇气,而是挑战骑着白马的死神的勇气。

那只荒岛上的鹦鹉就是在最佳状态(两个伙伴里面他还是更喜欢鹦鹉)还是不说它主人没教过的词。他的这个人,属于鹦鹉之流而没有得到更多的关爱,竟同主人写得一样好,甚至更好,这是怎么回事?毫无疑问,就因为他掌握了这管生花妙笔。就像挑战骑着白马的死神本身。他自己的那点本事是从账房里学来的,擅长的是算账记账,而不是遣词造句。骑着白马的死神本身:这样的词句他不曾想到。只有他向他这个人屈服时,这样的妙语才会降临。

诱饵鸭或是囮鸭:他,鲁滨孙,了解这些事吗?完全不了解,一直到他的人开始送出关于这事情的报道才知道。

林肯郡泽国的诱饵鸭、哈利法克斯的断头机器;一次伟大游历后的报道,他的这个人似乎正在环游不列颠岛,这是他在自制的小筏子上环游那座荒岛的写照。这次航行探明在岛屿更远的一边,崎岖、黑暗、阴森,他日后总是避开那儿——虽说日后的殖民主义者来到了这个岛屿,他们也许还想在那儿探险,在那儿定居呢。这也是一个写照,灵魂黑暗面和光明面的写照。

首批剽窃者和模仿者抓住他的孤岛经历,向公众兜售他们自己杜撰的海难余生的故事时,对他来说不啻于一帮落在他肉体上的食人生番。他毫无顾忌地表示:当我保卫自己不受那些把我打倒在地,烤我、吃我的食人生番侵害时,他写道,我应该保卫自己不受这件事本身的侵害。我几乎没有想到,他写道,这些食人生番其实是些邪恶的贪得无厌的东西,他们撕啃的正是真理的实质。

· 他和他的人 ·

但是再往深处想一步,他觉得自己对那些模仿者似乎有那么点儿同情心了。在他看来,既然这世上只有这么一点探险故事,如果后来者不被允许去啃这些老东西,他们就只好永远把嘴闭上了。

而在他那部荒岛历险记的书中,他告诉读者一天夜里自己如何在惊恐中醒来,确信魔鬼化作一条大狗上了他的床,扑到了他身上。他惊跳起来,抓起一柄短弯刀左劈右砍护卫自己,这时睡在他床边的可怜的鹦鹉惊慌地扑翅乱飞。许多天以后他才知道,压在自己身上的既不是大狗也不是魔鬼,而是暂时性的麻痹使他的腿无法挪动,所以幻想出有什么东西压上来了。从这件事得出的教训似乎是,所有的疾病,包括瘟疫都来自魔鬼,而且即魔鬼本身;疾病的造访可以看作是魔鬼的造访,或者看作是代表魔鬼的狗、或变成狗的魔鬼的造访。在马具商对瘟疫的记载中,造访即代表疾病。所以,写魔鬼故事的人也好,写瘟疫故事的人也好,都不应被视作造假者或剽窃者。

多年前他决定摊开纸写下自己在荒岛的历险记时,发现脑子里缺词少句,一支拙笔凝滞不前,手指头也僵硬不听使唤。然而日子一天天过去,那天他写到与"星期五"一起在冰冷的北方生活时,他对写作这门营生突然开了窍,写得流利轻松起来,甚至连想都不用想,词句就来到笔下。

可是天哪,那种作文的轻松突然又离他而去,他坐在靠窗的小写字台前眺望着布里斯托尔海港,手又发僵了,手中的笔又像以前那样陌生起来。

他(另外一个人,是他的人)觉得写作这活计更轻松些吗?他写的这些故事:鸭子、断头台和伦敦的瘟疫,写得相当流畅,不过他自己的故事也曾写得相当流畅。或许他把他想错了,那个衣冠楚楚下颔有一颗痣的走路很快的小男人,也许此时此刻正坐在这个辽阔的国度的某个租来的房间里蘸着他的钢笔,蘸了又蘸,心里充满了疑惑、犹豫和转瞬即逝的念头。

该怎么形容呢,这个人和他?是主人和奴隶?是兄弟,双胞胎兄弟?手挽手的同志?还是敌人,仇敌?他该给那个人取个什么名字呢?那个与他共度黄昏的人,有时候还与他共度不眠之夜,只有白天才不跟他在一起。因为白天,他,鲁滨,在码头上踱步审视新来的船只,而他的人则在这个国度疾速地飞跑着探寻自己的见闻。

这个人在他的旅行途中,会到布里斯托尔来吗?他渴慕与他的人肉身接触,握握他的手,和他一起在码头大道上散步,当他告诉他要去那个黑暗的北方岛屿时或是谈起他的探险写作时能认真倾听。但他很怕不会有这种相聚的机会了,此生不会有了。如果他一定要把这两个人扯到一起——他的人和他——他该写道:他们像两艘驶往相反方向的船,一艘往西,一艘往东。或者更确切地说,他们是船上做苦力的水手,各自在往西和往东的船上。他们的船交会时贴得很近,近得可以抓住对方,但大海颠簸起伏,狂风暴雨肆虐而至;风雨冲刷着双眼,两手被缆索勒伤,他们擦肩而过,连挥一下手的工夫都没有。

此篇曾为作者在 2003 年诺贝尔文学奖颁奖典礼上的演讲

J.M.库切生平简历

一九四〇年　二月九日出生于南非开普敦的白人家庭。

一九六二年　获得开普敦大学文学及数学学士学位后移居伦敦,做程序员工作。

一九六八年　于水牛城纽约州立大学教授英语语言文学,开始写作第一部长篇小说《幽暗之地》。

一九六九年　获得奥斯汀德州大学博士学位。

一九七四年　处女作《幽暗之地》出版。

一九八三年　回到开普敦大学任教。《迈克尔·K的生活和时代》获得布克奖。

一九八六年　出版后殖民小说代表作《福》。

一九八七年　获得耶路撒冷奖。

一九九七年　出版第一本自传体小说《男孩》。

一九九九年　《耻》获得布克奖。库切成为第一位两次获得布克奖的作家。

二〇〇二年　出版第二本自传体小说《青春》。

二〇〇三年　获得诺贝尔文学奖。

二〇〇六年　成为澳大利亚公民。

主要作品表

《幽暗之地》

《内陆深处》

《等待野蛮人》

《迈克尔·K 的生活和时代》

《福》

《铁器时代》

《彼得堡的大师》

《耻》

《伊丽莎白·科斯特洛》

《慢人》

《凶年纪事》

《耶稣的童年》

《蜂鸟文丛》

第一辑（按作者生年排序）

苹果树	〔英〕约翰·高尔斯华绥
一个陌生女人的来信	〔奥地利〕斯蒂芬·茨威格
奥兰多	〔英〕弗吉尼亚·吴尔夫
熊	〔美〕威廉·福克纳
乞力马扎罗山上的雪	〔美〕欧内斯特·海明威
文字生涯	〔法〕让-保尔·萨特
局外人	〔法〕阿尔贝·加缪
我的包着红头巾的小白杨	〔吉尔吉斯斯坦〕钦吉斯·艾特玛托夫
饲养	〔日〕大江健三郎
夜半撞车	〔法〕帕特里克·莫迪亚诺

第二辑（按作者生年排序）

野兽的烙印	〔英〕约瑟夫·鲁德亚德·吉卜林
地粮	〔法〕安德烈·纪德
米佳的爱情	〔俄〕伊万·布宁
都柏林人	〔爱尔兰〕詹姆斯·乔伊斯
乡村医生	〔奥地利〕弗兰茨·卡夫卡
蜜月	〔英〕凯瑟琳·曼斯菲尔德
印象与风景	〔西班牙〕费德里科·加西亚·洛尔迦
被束缚的人	〔奥地利〕伊尔泽·艾兴格尔
孩子，你别哭	〔肯尼亚〕恩古吉·瓦·提安哥
他和他的人	〔南非〕J.M. 库切